Qu'aimez-vous le plus au monde ?

Brigitte Smadja

Qu'aimez-vous le plus au monde ?

Neuf

l'école des loisirs

11, rue de Sèvres, Paris 6e

© 1994, l'école des loisirs, Paris
Composition : Sereg, Bembo 15/20
Loi n° 49.956 du 16 juillet 1949 sur les publications
destinées à la jeunesse : mars 1994
Dépôt légal : mars 1994
Imprimé en France par Hérissey à Évreux

Pour Benjamin et Léa
Pour Julien et Louise

– Tu as une idée? me demande Fabien devant la porte du collège.

– Peut-être.

– C'est quoi?

– Je ne suis pas sûre encore.

– Tu veux bien que je te montre mes idées, Pauline?

– Si tu veux.

Madame Suez nous a demandé de réfléchir à notre prochaine <u>rédaction</u>. On a le choix entre deux sujets. On peut aussi faire les deux, si on en a le courage.

«Qu'aimez-vous le plus au monde?»
«Que détestez-vous le plus au monde?»

J'ai tout de suite eu envie de répondre à la prof que ça ne la regardait pas du tout. Je n'aime pas qu'on m'oblige à raconter ma vie.

«Bien entendu, je sais à qui vous pensez: à vos parents!» a continué madame Suez.

Je ne sais pas d'où elle tenait cette certitude. Si elle avait pu lire dans les pensées de ses vingt-huit élèves, elle aurait été très déçue. Aucun, absolument aucun d'entre nous n'était en train de penser à ses parents.

«Bien entendu – elle dit toujours bien entendu, c'est un tic – j'aurais dû dire *qui* aimez-vous le plus au monde, on doit dire *qui* pour une personne et *que* ou *quoi* pour...» Et elle s'est <u>envolée</u> dans une explication grammaticale. Personne n'écoutait.

«Vous pouvez, si vous le voulez vraiment, parler d'une personne ou de deux qui vous sont particulièrement chères mais ce que je souhaiterais, c'est que vous parliez d'une chose, enfin je veux dire d'une idée, d'une qualité, oui, voilà, d'une qualité!»

Morgane s'est retournée. Elle cherchait une qualité, cachée quelque part dans la classe.

Madame Suez avait l'air ravie de ses explications. Bien entendu, nous attendions la suite. Avec madame Suez, il y a toujours une suite.

«Vous pourriez parler par exemple du courage, de la franchise, de la générosité ou de la bonté!» J'ai vu dans les yeux de Morgane qu'elle ne comprenait rien de ce que disait madame Suez, qui a donné au moins dix autres exemples. Je n'aime pas quand les profs donnent toutes les idées. Après on ne sait plus quoi raconter.

Nina a demandé à la prof si elle pouvait parler d'un poisson rouge.

– Tu veux dire, Nina, que ton poisson rouge est ce que tu aimes le plus au

monde? a demandé madame Suez, horri-
fiée.

– Ben oui, si j'en avais un, a répondu
Nina.

On a bien rigolé.

Fabien me dit qu'il a envie de faire les
deux sujets. Dans la colonne des choses
qu'il aime, il a écrit: «Le basket et Pauline.» Je ne savais pas qu'il m'aimait autant
que le basket mais je ne suis pas sûre que
madame Suez appréciera. Ça me fait plaisir
que Fabien ait mis mon nom dans sa
colonne. J'aimerais le lui dire mais j'ai trop
de soucis. — *souci - Care, worry, anxiety (Marigold),*

Dans la colonne des choses qu'il n'aime
pas, il a écrit: «Dorothée et l'odeur de
chien mouillé.» C'est tellement drôle que
j'oublie que je suis triste.

Moi, dans la colonne des choses que
j'aime, j'ai écrit: «Monsieur Zyslin et les
gâteaux au pavot.» Dans la colonne des
poppy ou coquelicot.

choses que je n'aime pas, j'ai écrit: «Samuel et la piscine.» C'est idiot parce que ni monsieur Zyslin ni Samuel ne sont des choses, mais c'est la prof qui nous a dicté les colonnes.

Je ne montre pas ce que j'ai écrit à Fabien. Il ne connaît ni monsieur Zyslin, ni Samuel, ni les gâteaux au pavot. De toute manière, j'ai écrit ces mots mais je ne ferai jamais cette rédaction. Si je la faisais, je serais obligée de dire que mon frère est un menteur. Je pourrais inventer des choses aussi. C'est toujours ce que je fais dans mes rédactions. Je dirais par exemple que ce que je préfère au monde, c'est rester toute seule chez moi à réfléchir dans le silence; ce qui est absolument faux, mais ça plairait beaucoup à madame Suez. Pour avoir une bonne note, il vaut mieux mentir, mais j'en ai assez des mensonges.

Fabien s'en va. Il habite exactement à

Mensonges — lies, fallacy, falsehood.

l'opposé de chez moi. On ne fait jamais le chemin ensemble. Nina et Morgane s'approchent de moi. Elles veulent me montrer leurs colonnes, mais je n'ai pas envie de leur parler. Je me dépêche ; monsieur Zyslin m'attend.

À chaque fois que je me retrouve devant la porte de monsieur Zyslin, j'ai peur qu'elle soit définitivement fermée.

Monsieur Zyslin me dit tous les jours qu'il devra partir dans une maison de retraite.

Il est trop vieux et ses filles ne peuvent pas s'occuper de lui. Je lui ai répondu que moi, je le pouvais. Ce n'est pas difficile. Il boit du lait, du jus d'orange ; il mange des pommes de terre, du pain et des gâteaux.

Monsieur Zyslin m'a caressé les cheveux de sa vieille main pleine de taches de rousseur et fripée comme du papier crépon.

Il m'a fait un sourire qui veut dire: ce n'est pas possible.

Je ne sais pas ce que je deviendrai s'il n'est plus là. Je reste chez lui en attendant que Samuel rentre à la maison.

– Prends encore un gâteau au pavot, Boubelé.

– J'en ai trop mangé, monsieur Zyslin.

– Alors mange encore, Boubelé.

J'éclate de rire.

L'ennui avec monsieur Zyslin, c'est qu'il est sourd. Ça ne l'empêche pas de parler. Il marmonne et je ne comprends pas toujours ce qu'il raconte. C'est comme si j'étais sourde, moi aussi.

Souvent quand je rentre de l'école, sa porte est ouverte. Il me guette. Quand il me voit, il se frotte les mains et il crie: «Boubelé!»

Ce qui est drôle, c'est qu'il se cache derrière sa porte comme s'il avait honte de m'attendre, comme s'il ne voulait pas que quelqu'un le voie, lui, monsieur Zyslin, qui doit avoir au moins quatre-vingts ans, en train d'attendre une petite fille de onze ans.

– Tiens, Boubelé.

Monsieur Zyslin me tend un cahier bleu. Dedans, il y a des pages blanches pour dessiner. Il me donne aussi des fusains. Ce sont des craies noires. Quand on fait un dessin au fusain et qu'on le rate, c'est fichu. On ne peut pas effacer.

– Je n'y arriverai pas, monsieur Zyslin.

Il ne m'a pas entendue mais il a très bien compris. Je devais faire une grimace.

– Essayer, Boubelé. Toujours essayer. Toujours recommencer et puis un jour…!

Il dessine d'un seul trait un monsieur avec des lunettes sur le nez et une petite fille toute bouclée. Elle n'est pas à côté de lui mais dans lui. Il me donne le dessin.

Quand j'étais plus petite, monsieur

Zyslin me faisait peur. Je pensais qu'il était un de ces messieurs qui donnent des bonbons aux enfants, qui les prennent chez eux et qui les zigouillent.

Je le pensais parce qu'il voulait toujours me donner des bonbons et j'avais peur parce que je ne pouvais pas m'empêcher de les accepter et de les manger. C'étaient des bonbons acidulés au citron. Il me les tendait et il me souriait en disant : «Jolie, Boubelé, jolie.»

Sa femme, elle, ne disait rien. Elle était affreuse. Je l'ai toujours vue pendue au bras de son mari, incapable de descendre les escaliers sans lui, maquillée, parfumée. Elle ressemblait à une momie. Et puis un jour, il faisait très chaud et elle est morte. J'ai pensé qu'elle avait fondu.

Longtemps après la mort de sa femme, je n'ai plus vu monsieur Zyslin. La gardienne disait qu'il s'était enfermé chez lui.

Parfois, elle nous demandait si on l'entendait, vu qu'on habite juste au-dessus de chez lui.

Un jour, j'étais en CM1, Nadège n'est pas venue me chercher à l'école. Samuel n'était pas là. J'ai sonné chez monsieur Zyslin. Très très fort.

Je ne m'attendais pas à le voir. J'ai sonné chez lui parce que c'est la première sonnerie que j'ai rencontrée en descendant l'escalier à la recherche d'une solution pour ne pas finir mon après-midi toute seule, dans l'escalier. Je n'aime pas être seule. «Avec le temps, ça s'arrangera», dit maman, mais ça ne s'arrange pas du tout.

Monsieur Zyslin a regardé dans l'œil. Il est le seul dans tout l'immeuble à avoir installé cette mini-caméra sur sa porte. Il a dû voir mon visage et il a crié avant même d'ouvrir la porte: «Boubelé!»

J'ai sursauté en reconnaissant cette voix

qui me faisait peur encore. La porte s'est ouverte sur son visage hilare et tout ridé. Il m'a tendu des bonbons et je suis entrée chez lui, pour la première fois. Ça sentait bizarre : une odeur de poussière et d'essence.

Cette année, je suis en sixième. Je le vois tous les jours. Ou presque. C'est à cause de Samuel que je vois autant monsieur Zyslin. C'est de lui que j'aimerais parler dans ma rédaction. Il connaît le courage, la générosité, la franchise, la bonté ! Je devrais le présenter à madame Suez. Elle serait épatée.

Je m'appelle Pauline mais il n'a jamais retenu mon nom. Pour lui, je m'appelle Boubelé. « Tous les enfants s'appellent Boubelé, mais comme tu es la seule enfant que je connaisse, tu es la seule Boubelé. »

Je m'y suis habituée.

Je m'installe chez lui en sortant du collège. Il ne m'offre plus de bonbons maintenant. Il dit que c'est mauvais pour les dents alors qu'il m'en a donné tellement que je suis étonnée d'avoir encore des dents. Lui, il n'en a presque plus.

Il me donne des gâteaux au pavot. Il n'y a pas d'autres gâteaux chez monsieur Zyslin. J'ai essayé de le convertir au pain au chocolat ou au beignet à l'ananas mais il n'y a rien à faire, il est très têtu. C'est peut-être sa surdité qui le rend si têtu.

Au début je n'aimais pas du tout les gâteaux au pavot. Il n'y a que monsieur Zyslin pour manger des gâteaux fourrés de cette pâte noire et granuleuse. Je lui ai dit, la première fois qu'il m'en a donné, que je n'avais jamais vu ce fruit. Je m'étais approchée tout près pour le lui dire, sinon il n'aurait pas entendu et se serait contenté de sourire. Mais cette fois-là, il a regardé le gâteau, il a froncé les sourcils et il a dit:

«Quel fruit? C'est du pavot! Du pavot! C'est bon, Boubelé.» J'ai haussé les épaules et mangé le gâteau au pavot. Depuis, j'adore les gâteaux au pavot. Je suis sûre que Fabien, Nina et Morgane n'en ont jamais mangé.

Mes dessins au fusain sont très ratés. J'essaie toujours de faire le même dessin que lui et je n'y arrive pas. C'est la petite fille, surtout, qui est ratée. Elle ressemble à la gardienne, en plus moche.

J'avale le jus d'orange qu'il m'a préparé. Du jus d'orange frais. «Des vitamines pour Boubelé. Pour grandir», dit monsieur Zyslin, qui est le plus petit de tous les petits vieux que je connais. En fait, je ne connais pas de vieux et je suis presque plus grande que monsieur Zyslin.

Soudain, il se frotte les mains et il danse, c'est-à-dire qu'il se balance d'un pied sur l'autre.

J'ai compris mais je fais celle qui ne comprend rien. C'est un jeu entre nous.

– Viens, Boubelé, je vais te montrer. C'est fini. Tu dois voir. C'est maintenant.

Je savais que c'était aujourd'hui.

Il m'entraîne dans le fond de son appartement qui est tout noir. Je suis sûre qu'il n'a pas été repeint depuis la construction de l'immeuble, qui a plus d'un siècle, m'a dit papa. Bientôt l'âge de monsieur Zyslin.

Depuis la mort de sa femme, monsieur Zyslin ne range plus rien. Il se fait livrer la nourriture et il se contente de disposer les boîtes de conserve ou les bouteilles d'huile ou d'eau minérale dans le couloir encombré de caisses qu'il n'ouvre pas toujours.

J'ai failli déraper sur une pomme de terre. Monsieur Zyslin m'a rattrapée et il a dit un juron dans une langue que je ne connais pas.

Nous arrivons dans sa cuisine. Personne ne peut imaginer la cuisine de monsieur Zyslin. C'est la seule cuisine qui ne sentira jamais la soupe, l'agneau grillé ou le gâteau au chocolat. C'est aussi la seule cuisine qui sente l'essence. Il l'a transformée en atelier de peinture.

Il s'est mis à peindre le jour où sa femme est morte. Il n'avait jamais tenu un pinceau de sa vie. Après l'enterrement, il est passé devant un grand marchand de peinture sur les quais de la Seine; il est entré, il a acheté des crayons, toutes sortes de papiers, de pinceaux, des toiles, des couleurs, et il a commencé à peindre. Il ne s'est plus arrêté.

Dans tous les placards, il n'y a plus que des toiles, des cartons, des tubes, de la peinture en poudre et des flacons d'essence de térébenthine.

Près de l'évier, à la place de l'égouttoir, il a installé sa télévision, qui marche sans arrêt avec ou sans le son.

– Tu vas voir, Boubelé.

Monsieur Zyslin ne montre ses tableaux

que lorsqu'ils sont achevés. Il ne les montre qu'à moi. C'est notre secret à tous les deux.

Avant ce moment, il les recouvre d'un drap blanc. Je n'ai pas le droit de le soulever. Je n'ai pas envie de le faire. J'ai passé des heures dans les odeurs de la cuisine, qui sent l'essence de térébenthine, à manger des gâteaux au pavot en regardant la télévision, à côté d'un tableau recouvert d'un drap blanc.

Il fronce le nez. Il est toujours enrhumé. Il dit que c'est la térébenthine qui l'enrhume. Il sort un mouchoir en tissu de sa poche, un mouchoir à carreaux troué. J'ai envie de rire parce que je me dis que s'il se mouche au mauvais endroit, il aura de la morve plein les doigts. Monsieur Zyslin pose le mouchoir sur la table, à côté de sa palette de couleurs. Il est capable de le confondre avec un chiffon à peinture.

Il découvre son dernier tableau.

– Regarde !

Je ne regarde pas tout de suite le tableau. J'essaie de l'imaginer. Je le connais déjà. Monsieur Zyslin peint toujours la même chose. Pourtant, ce n'est jamais le même tableau.

C'est un paysage, et dans ce paysage passent des chevaux. Ils n'ont pas de crinière, ils n'ont pas de queue et ils sont jaunes, roses et bleus.

Si madame Florentin, mon professeur de dessin, les voyait, elle dirait que la perspective est fausse et que les chevaux ne sont pas de vrais chevaux. D'ailleurs, elle s'en ficherait. Avec elle, on ne peint que des rosaces.

Pourtant ce sont des chevaux que monsieur Zyslin peint, qui passent dans un paysage de collines toutes rondes. Et c'est très beau.

– Il est très beau celui-là, monsieur Zyslin.

– Qu'est-ce que tu dis, Boubelé ?

Je suis sûre qu'il a compris mais il veut m'entendre hurler.

– Il est très beau, très beau.

Il rit. Il est tellement drôle quand il rit de sa bouche sans dents. Il est tout petit et à moitié chauve et ses lunettes tiennent mal sur son nez.

– Tu l'aimes, Boubelé ? Demain, un autre, un autre tableau. Après tu verras et tu diras.

On reste là tous les deux dans sa cuisine à regarder les chevaux qui traversent un paysage tranquille.

Il est l'heure que je remonte à la maison. Samuel doit être rentré, maintenant.

Il faut que j'y aille mais je n'ai pas envie de monter chez moi. Avec monsieur Zyslin, j'oublie que Samuel, mon frère, est devenu un menteur, que mes parents n'ont plus le temps de s'occuper de moi et que demain j'ai piscine. J'ai horreur de la piscine.

Samuel rentre de plus en plus tard. Papa et maman ne le savent pas. S'il n'est pas encore là, je lui laisserai un mot sur la porte et je redescendrai chez monsieur Zyslin. Il sait où me trouver. Je ne veux pas rester seule, là-haut.

Monsieur Zyslin est immobile dans sa cuisine-atelier et contemple ses chevaux. Il parle tout seul. Ça fait une bouillie incompréhensible. Il éternue. Je lui tends son mouchoir mais il ne le remarque pas. Je le lui glisse dans sa poche. Demain, j'essaierai de dessiner monsieur Zyslin avec ses lunettes de travers.

– C'est toi, Pauline ? Tu rentres tard. Qu'est-ce que tu peux faire tout ce temps chez le vieux Zyslin ?

Samuel vient juste d'arriver ; il n'a même pas eu le temps de retirer son blouson vert tout troué que maman essaie régulièrement de jeter à la poubelle. Il veut me faire croire qu'il m'attend depuis des heures.

– Si maman a téléphoné, elle a dû se demander pourquoi personne n'a répondu. Tu pourrais rentrer plus tôt, Pauline. Tu te rends compte ? Il est sept heures et demie ! Si elle a téléphoné, je ne vais plus savoir quoi inventer ! Tu ne pourrais pas m'aider, Pauline ?

– Je n'aime pas être à la maison quand il n'y a personne.

– À ton âge, tu pourrais faire un effort. À onze ans! Toujours cette histoire de cambrioleur qui te fait peur? Tu n'arrives pas à te retirer ça de la tête?

Je ne dis rien. Autrefois, Samuel me défendait toujours. Maintenant, lui aussi, il se moque de moi parce que j'ai peur d'être seule. Ça m'est égal. Mieux vaut être une froussarde qu'un menteur comme lui. On a toujours de bonnes raisons d'avoir peur. Moi, en tout cas, j'en ai.

Quelles raisons Samuel a de mentir? Il dit que ce sont des secrets mais ce sont des mensonges.

Samuel est allongé sur son lit et il feuillette un journal. Ses chaussures sont encore mouillées. Il fait semblant d'être très occupé.

Je ne l'aime plus du tout.

Avant, j'étais gardée par Nadège.

Elle m'aidait à faire mes devoirs mais le

plus souvent on faisait des desserts : des crêpes, de la mousse au chocolat, des cakes et aussi des gâteaux au miel et aux écorces d'orange. D'autres fois, Nadège m'apprenait à tricoter des pulls au point jacquard. C'est difficile. Je ne suis pas encore très forte mais j'y arrive presque. J'ai décidé de tricoter une couverture pour monsieur Zyslin. Je ne tricoterai jamais rien pour Samuel.

Depuis que je suis en sixième, Nadège ne vient plus. Je suis grande et les baby-sitters coûtent cher.

« Tu peux rester toute seule maintenant en attendant que Samuel revienne du lycée. Tu ne l'attendras pas longtemps. Il doit rentrer juste après ses cours et travailler. Tu t'occuperas de ta sœur, Samuel », avait dit maman, à la veille de ma rentrée en sixième.

Je ne savais pas que les baby-sitters

coûtaient cher. Je croyais qu'elles ne coûtaient rien du tout. Je n'ai pas osé dire que je voulais que Nadège revienne. Papa et maman ont des ennuis d'argent. Ils travaillent beaucoup pour ne pas être licenciés, ça veut dire pour ne pas être au chômage. S'ils arrêtent de travailler, on risque de se retrouver tous assez rapidement dans la rue en train de vendre des journaux ou de chanter des chansons. Cette idée m'a encouragée à faire un effort.

Samuel avait promis qu'il rentrerait tôt, mais Samuel s'en fiche. Il a seize ans. Il arrive juste avant le retour de papa et maman, c'est-à-dire avant sept heures et demie. Je ne sais pas ce qu'il fait. J'ai juré de ne rien dire. Je suis froussarde mais pas cafteuse.

De toute façon, maintenant, ça m'est égal. Moi non plus, je ne rentre pas. Je vais voir monsieur Zyslin. Il m'arrive de rester avec lui jusqu'à l'heure du dîner.

– J'ai pas envie de faire un effort. C'est toi qui dois me garder. C'est toi qui dois faire l'effort, Samuel! Tu l'as dit.

Samuel me regarde brusquement. Jusqu'ici, il n'avait même pas levé les yeux de son journal. Il y a de la colère dans ses yeux mais la colère s'en va et il baisse les yeux.

Il ferme le journal. Il se rend compte soudain qu'il n'a pas encore retiré son blouson et que je l'ai remarqué.

– Écoute, Pauline, je ne peux pas rentrer tôt. Je ne peux pas t'expliquer! Qu'est-ce que tu tiens à la main?

C'est le dessin de monsieur Zyslin. Je le cache. Moi aussi, j'ai mes secrets, et les miens ne font de mal à personne.

Samuel dit qu'il est à la maison à cinq heures et qu'il travaille. Quand maman demande pourquoi personne ne répond au téléphone, il invente des mensonges : qu'on n'a rien entendu, qu'il fallait acheter du pain à la boulangerie, que je lui ai demandé d'aller faire une balade au square. Moi, j'écoute ses mensonges et je me tais. Quand je vois le visage fatigué de maman, j'ai honte. Mais qu'est-ce que je peux faire ?

– Je m'en fiche de ce que tu fais mais moi, je vais chez monsieur Zyslin.

– Tu as goûté au moins ?

– Très bien.

– Qu'est-ce que tu fais si tard, chez lui ? Il est complètement sourd. Ça doit être gai.

– Quand on parle fort, il entend très bien. Je te dirai pas ce que je fais chez lui.

– Pourquoi ?

– Toi, tu me dis rien.

Samuel enlève son blouson et s'assoit sur

son lit. Il a l'air vieux comme papa. Peut-
être qu'à seize ans, on commence vraiment
à être vieux. Il me sourit. Il veut me
prendre la main mais je ne la lui donne
pas. Il soupire.

– Je vais faire chauffer l'eau des pâtes.
Je te fais des pâtes au beurre et au gruyère,
je vérifie tes devoirs et on se voit un bon
film. Ça va?

On faisait ça, l'année dernière encore, et
c'était tellement bien.

Je regardais avec Samuel des films
interdits quand papa et maman sortaient.
Maman louait une cassette pour moi: *La
Guerre des boutons*, *La Guerre des étoiles*, *Le
Château de ma mère*. Elle a dû louer cinq
fois *Le Château de ma mère*.

Samuel avait toujours d'autres idées.
J'attendais avec impatience le départ des
parents pour être seule avec lui.

Un soir, on a vu deux films d'un coup:

Alien et *La Nuit du chasseur*. J'étais terrorisée. Je me cachais dans les bras de Samuel. J'aimais avoir peur près de lui. Quand il m'a dit d'aller au lit, ce soir-là, je me demandais vraiment si les monstres et les possédés du diable existaient. Samuel ne s'est pas moqué de moi; il a bouquiné dans le couloir éclairé en attendant que je m'endorme.

Il était comme ça, mon grand frère. Toutes mes copines auraient voulu Samuel comme grand frère. Maintenant, même quand il est là, c'est comme s'il n'était pas là.

— Papa et maman ne rentrent pas?

— Ils te l'ont dit ce matin, Pauline! Pas avant dix heures, tu te souviens?

— Non.

On mange nos pâtes en silence. Elles sont réussies. Elles font des fils immenses.

Avant que Samuel devienne vieux, il

m'apprenait à manger les pâtes sans la fourchette, seulement en les attrapant grâce aux fils. Il était très fort. Il pouvait finir son assiette sans toucher à la fourchette.

Il connaissait aussi un tour de magie. Il était capable de faire tenir un verre incliné en équilibre sur le bord de la table. Le verre tenait tout seul. J'ai vérifié : Samuel ne mettait pas de colle et le verre ne tombait pas.

Je regarde Samuel. Il mange ses pâtes avec sa fourchette ; de temps en temps, il boit de l'eau et le verre est tout droit sur la table.

Je n'ai pas faim. J'ai mangé trop de gâteaux au pavot.

Je demande à Samuel :

– Qu'est-ce qu'on va voir comme film, Samuel ?

– Hein ? Quoi ?

Je répète ma question. Est-ce qu'il devient sourd lui aussi?

Soudain le téléphone déchire le silence et empêche Samuel de répondre. Il bondit sur l'appareil mural qui est dans la cuisine.

Mon plat de pâtes se renverse. Tandis que je ramasse les morceaux, j'entends Samuel qui dit:

– C'est vous? C'est vous? Où vous êtes?

Il a la voix d'un cambrioleur ou d'un assassin qui parle à ses complices.

Il s'aperçoit de ma présence et me fait comprendre que je ne dois pas écouter. Il a des yeux fous.

Je mange un yaourt dans ma chambre.

Samuel a raccroché.

Il est assis à table, la tête dans les mains. Il n'a pas encore nettoyé le reste des pâtes refroidies.

– Qu'est-ce qu'on va voir comme film, Samuel ?

Il essaie de me sourire et il me dit :

– *Le Château de ma mère.*

Ce n'est pas une blague. Il est très sérieux. J'ai envie de crier mais j'ai envie de pleurer aussi et de lui demander pourquoi il me fait de la peine.

Je ne dis rien. Je vais dans ma chambre. Quand Samuel vient me chercher pour voir le film, je lui dis que je ne veux plus lui parler et qu'il me laisse tranquille. J'écris sur ma feuille de brouillon dans la colonne des choses que je déteste : la trahison. Je trouve que c'est très difficile comme idée.

Je m'endors en pensant aux chevaux roses, jaunes et bleus de monsieur Zyslin.

Il est sept heures du matin.

Je n'ai aucune raison de me réveiller si tôt. Mais, c'est comme ça, le moindre bruit me réveille et maman a fait du bruit en faisant couler l'eau de sa douche. Elle prend une douche le soir et une autre le matin. Je ne connais personne qui se lave autant que ma mère.

Ma première pensée a été : «J'ai piscine.» Aussitôt, j'ai senti le froid derrière la vitre de ma chambre, le froid noir des matins d'hiver. J'ai imaginé l'eau glacée, j'ai frissonné.

Je ne sais pas nager.

Jusqu'à présent, madame Carlhian, la prof, m'a donné une planche ou une ceinture, mais elle a dit : «La prochaine fois, Pauline, tu arrêtes ce cinéma. Tu nages comme tout le monde.» Ma vie n'est pas du tout un film et je n'ai pas envie d'être comme tout le monde.

Je me suis retournée et j'ai replié mes jambes. J'ai moins froid quand mes jambes sont repliées.

Papa et maman chuchotent dans la cuisine. J'entends maman : «Samuel ne peut pas...» J'entends papa : «Il nous cache quelque chose. Il finira au chômage.»

Papa parle toujours à Samuel du chômage parce que Samuel a déjà redoublé sa troisième et qu'il risque de redoubler sa seconde. Samuel a répondu que même avec plein de diplômes, aujourd'hui, on peut être chômeur. Papa était furieux parce que Samuel a raison. Papa a plein de diplômes et il a peur du chômage.

Dans la colonne des choses que je déteste, je vais ajouter le chômage.

Maman dit : «Il a seize ans, c'est un âge difficile!» Papa répond : «Tu prends toujours...» Je n'entends pas la fin de la phrase.

Ils parlent de Samuel, comme d'habitude. Quand il est là, ils se disputent avec lui. Quand il n'est pas là, ils se disputent à cause de lui.

Samuel dort. Je connais son emploi du temps. Le mardi, quand j'ai piscine, il ne va pas au lycée avant dix heures. C'est normal qu'il dorme. Surtout aujourd'hui, parce qu'hier, il s'est couché très très tard. Papa et maman ne le savent pas mais moi, je le sais.

Je me suis réveillée cette nuit à cause des coups de feu.

J'ai eu peur.

J'ai tout de suite pensé aux cambrioleurs et je me suis cachée sous mon drap.

C'était la télé de monsieur Zyslin. Elle est dans la cuisine-atelier, qui est juste au-dessous de ma chambre. Monsieur Zyslin met la télé même la nuit. Il oublie de l'éteindre. Maman lui a déjà dit que ça me dérangeait mais il n'a rien compris ou il a fait semblant.

Maman a menti. Moi, ça ne me dérange pas, la télé de monsieur Zyslin, sauf un peu, quand il y a des films policiers parce que les films policiers, ça fait toujours plein de bruit.

La chambre de Samuel était allumée.

J'ai vu la lumière parce que nos chambres communiquent. Nous avons chacun une porte qui donne sur le couloir et une porte communicante.

Samuel a demandé à papa et à maman d'arracher cette porte et de construire un mur à la place. «Pour avoir la paix.» C'est ce qu'il a dit. C'est idiot. Nous n'avons pas besoin d'un mur. Samuel a déjà construit un mur entre nous, une tour, aussi haute que la tour Eiffel. Moi, je suis en bas et lui, il est tout en haut. On ne se voit plus.

Derrière le mur, Samuel ne dormait pas.

J'entendais le bruit de ses pas dans la chambre, les coups de feu de la télé de monsieur Zyslin, et puis le mur a vibré. Samuel a dû se jeter sur son lit. Alors j'ai entendu un drôle de bruit, comme des sanglots. Mais j'ai dû rêver ou bien c'était la pluie.

Maman s'est disputée avec papa et papa est parti en claquant la porte. À cause de Samuel, il a oublié de me dire : Au revoir, passe une bonne journée, ma petite fille chérie.

– Ça s'est bien passé hier, avec Samuel ? me demande maman en me tendant une tartine de pain grillé.

– Oui, oui, très bien.

Jamais je ne lui dirai que Samuel est

rentré à huit heures, qu'il a reçu un coup de téléphone très bizarre et qu'il a pleuré cette nuit. En même temps, j'ai très envie de lui dire qu'il est rentré à huit heures, qu'il a reçu un coup de téléphone très bizarre et qu'il a pleuré cette nuit.

– Tu as encore été un peu chez monsieur Zyslin, en attendant Samuel ? Tu ne t'ennuies pas trop chez lui ?

– Non, il est très gentil.

– Pauline, écoute, me dit maman en me prenant le visage dans les mains, tu dois me dire s'il y a un problème.

Je ne supporte pas les yeux de maman. Je ne sais pas comment Samuel fait pour la regarder et pour lui mentir. Ce serait plus simple de lui mentir si elle ne me regardait pas.

– Tu as un problème ?

– Oui. Je ne veux plus aller à la piscine. Madame Carlhian est un monstre. D'ailleurs, il y a un garçon au collège qui l'a baptisée la Baleine.

Je suis contente parce que j'ai dit la vérité.

Maman éclate de rire. Mes problèmes à moi, ça la fait rire. Faut-il que je mente tous les jours, que je redouble pour qu'elle me prenne au sérieux ? J'ajouterai dans la colonne des choses que je déteste : les gens qui éclatent de rire quand je leur parle sérieusement.

– Tu as bien pensé à prendre ta clé, Pauline ?

– Oui, maman.

Elle me tend mes affaires de piscine. Moi, je les oublie toujours ; maman ne les oublie jamais. Elle sait que je hais la piscine mais ça lui est égal.

Devant la porte, maman m'a serrée dans ses bras. Soudain, j'aimerais bien qu'elle m'appelle Boubelé. Elle ne sait même pas que je m'appelle Boubelé. Ça me semble très grave.

Je suis passée devant la chambre de Samuel avant de partir. Il ne dormait pas. Il était allongé sur son lit, tout habillé, les yeux ouverts et il regardait le plafond. Nos regards se sont croisés. Il sait que je ne l'ai pas trahi.

Dans l'escalier, j'ai vu monsieur Zyslin. Il était en robe de chambre.

– Passe une bonne journée, Boubelé!

Il me fait un petit signe d'encouragement. Sa main est très sale. Il a oublié de détacher les couleurs. J'ai envie de lui dire qu'il ne doit pas oublier d'éteindre sa télé quand il met le son. C'est à cause de lui que je me suis réveillée cette nuit et que j'ai entendu mon frère pleurer. Il est huit heures cinq. J'ai cours à huit heures et quart. Il est vraiment trop sourd. Ce serait trop long de lui expliquer.

– J'ai piscine, monsieur Zyslin.

– Hein, tu dis quoi, Boubelé ?

– J'ai piscine !

Monsieur Zyslin fronce les sourcils. Il n'est pas sûr d'avoir bien entendu. Je répète.

– Piscine ? Maintenant ?

Il regarde sa montre. Il est huit heures sept, nous sommes un 10 février et il doit faire moins dix dehors.

– Oui, piscine, monsieur Zyslin.

– Oh non ! Pauvre Boubelé !

J'ai presque envie de l'embrasser. Mais je ne le fais pas, il est quand même trop vieux.

– Vas-y, plonge, Pauline! Plonge!

Je regarde l'eau, turquoise comme celle des mers du Sud. Je sais que ce sont les carreaux bleus qui lui donnent cette couleur et que personne ne sait vraiment de quelle couleur est l'eau d'une piscine. Probablement, si les gens voyaient vraiment l'eau telle qu'elle est, grisâtre ou jaune pisseux, jamais ils ne plongeraient. Les piscines seraient fermées. Le mot même n'existerait plus.

J'ai froid, de plus en plus froid. Je ne tremble pas, pourtant.

Je suis immobile dans la position parfaite du plongeur: jambes serrées, torse légèrement penché en avant. J'ai appris les gestes. Mais connaître les gestes, ça ne sert à rien.

Mes orteils dépassent le bord de la piscine. Je suis prête à basculer. Je fixe cette eau qui sent mauvais, qui brûle les yeux.

Je ne supporte pas l'eau sur mon visage. Même l'eau de la mer, je ne la supporte pas. J'ai peur des vagues. Je suis trop légère et les vagues sont si fortes.

– Mais vas-y enfin, plonge! Plonge! À quoi tu penses, Pauline? Ça va durer encore longtemps, cette comédie? Tu crois que je n'ai que ça à faire? Tu ne vois pas que tout le monde t'attend?

Je ferme les yeux, je regarde l'eau.

Je ne peux pas.

J'entends les ricanements derrière moi. Morgane, elle, a déjà réussi son plongeon et elle est prête à recommencer. Elle a plongé juste devant moi. J'ai vu sa tête disparaître d'abord puis tout son corps. Elle glissait dans l'eau profonde comme un poisson et elle a surgi, la bouche ouverte dans un sourire qui s'adressait à Fabien.

Ils s'impatientent. Certains imitent madame Carlhian et disent: «Allez, Pauline, allez!» Ça ne leur fait rien à eux, cette eau de Javel qui est prête à les engloutir.

– Mais vas-tu te décider, oui ou non?

Madame Carlhian perd patience. Elle hurle.

Je ne sais pas nager sans bouée ou sans planche. Elle le sait. Pourquoi m'oblige-t-elle? Pourquoi? Qu'est-ce que ça peut lui faire que je sache nager ou plonger?

Samuel m'a dit cet été que la plupart des marins ne savaient pas nager. Si les marins n'ont pas besoin de savoir nager, pourquoi moi?

J'ai froid. Je ne veux pas. Je ferme les yeux. Je sais ce qui va arriver. Tant pis.

Une main glacée s'abat sur moi et me

pousse en avant. J'essaie de résister mais c'est trop tard.

Je n'ai pas la force de hurler : «Non!»

L'eau me prend immédiatement; elle s'infiltre dans mes yeux, dans mon nez, dans mes oreilles, dans ma bouche. Je ne vois plus rien. Mon cœur explose. J'étouffe. Je me noie. C'est fini.

Lorsque j'ouvre les yeux, je vois la Baleine. Ses cheveux blonds décolorés sont plaqués sur son crâne et dégoulinent sur mon visage. La Baleine me fait un sourire de miel, un sourire tout faux.

– Mais tu es vraiment sotte, Pauline. Tu sais que tu es vraiment sotte? Tu m'as fait peur.

Je ne dis rien. La Baleine continue en secouant la tête.

– À onze ans, tu ne sais pas encore nager? Tu ne sais pas plonger? C'est pas Dieu possible!

Je ne vois pas ce que Dieu a à voir dans cette affaire. Je me sens très petite et presque nue, allongée là, sur les carreaux blancs. Ils me regardent tous. Certains sourient. Morgane, par exemple. Ça les aurait amusés, j'en suis sûre, que je meure sous leurs yeux.

J'entends un bruit, un clic-clac qui ne s'arrête pas. Je cherche d'où il vient. Ce sont mes dents. Et tout mon corps se met à trembler. Il tremble tout seul. Je ne peux pas l'arrêter.

– Meurtrière !

Une voix a surgi tout à coup. C'est celle de Fabien. Je la reconnais parce qu'il a la voix enrouée. Il a bien dit «Meurtrière», et dans la piscine le mot a résonné. C'est impossible que la Baleine ne l'ait pas entendu. Elle ne se retourne même pas.

– Je l'ai fait pour ton bien. C'était pour

t'aider, tu comprends, Pauline? Je ne pouvais pas me douter…

– J'ai froid.

La Baleine est toujours assise à côté de moi. Elle ronge ses ongles en attendant que j'arrête de trembler. Elle doit se demander si c'était vraiment la solution de me balancer dans la flotte pour m'obliger à nager.

Elle a une chair toute rose et des fossettes de cellulite sur les cuisses.

Fabien a trouvé ma serviette. Il la pose sur moi, sur tout mon corps. C'est ce qu'on fait avec les noyés, les gens qui ont un accident. Quand on les recouvre complètement, ça veut dire qu'ils sont morts. C'est Samuel qui me l'a appris à un retour de vacances. Papa s'énervait parce que l'autoroute était bloquée. On n'avançait plus du tout. C'était un accident. Samuel a dit: «Ils lui ont mis le drap sur la tête, c'est fini.» Il a mis sa main sur mes yeux pour que je ne voie pas.

Je prends bien soin de dégager ma figure. La serviette ne doit pas me recouvrir complètement.

C'est celle de Samuel. Il me l'a donnée. Elle est immense. Elle représente la carte du ciel.

Sur le chemin du retour, je ne parle à personne, pas même à Fabien, qui m'a tendu un morceau de son pain au chocolat. Je l'ai refusé. Je n'ai pas faim et je n'ai pas envie de parler.

J'ai appris par Morgane qu'il avait plongé le premier quand il a vu que je me noyais. Morgane a dit aussi que la Baleine a voulu l'en empêcher. Elle voulait sans doute vérifier ses méthodes, constater combien elle était géniale de m'avoir poussée dans le grand bain. Elle devait s'attendre à me voir réapparaître un grand sourire aux lèvres et nager un crawl de professionnelle. Elle a dû être un peu embêtée de voir mon obstination à étouffer.

Morgane a ajouté:

– Tu peux porter plainte, Pauline. On est tous témoins. La Baleine peut aller en prison pour non-assistance à personne en danger.

J'ai haussé les épaules.

– Et toi, Morgane, tu as plongé? Tu as essayé de me sauver?

Elle a répondu «Non», et je lui ai dit: «Alors écrase!»

Il pleut dehors. Je n'ai pas réussi à bien me sécher. On n'est jamais tout à fait sec quand on sort d'une piscine et les vêtements collent à la peau. Ça gratte et on a froid.

La Baleine m'a rattrapée. Elle essaie de me faire admettre que c'est «un accident, sans gravité». Je lui réponds que je ne suis pas une cafteuse et puis je ne lui dis plus rien. Ça lui fait peur. Tant mieux si ça lui fait peur.

Je garde dans la bouche le goût de l'eau. J'aurais dû accepter le pain au chocolat de Fabien, seulement pour supprimer ce goût.

Mon visage est tout blanc. La peau tire et picote. C'est l'eau de Javel qui fait ça. Je n'irai plus à la piscine. Plus jamais. Je demanderai à être dispensée. Nina est tout le temps dispensée parce qu'elle a ses règles toutes les semaines. Moi, j'ai une meilleure raison: j'ai failli mourir. La Baleine ne pourra pas dire le contraire.

Au premier étage, je m'arrête et je sonne à la porte de monsieur Zyslin.

Je sonne plusieurs fois. J'ai dit à monsieur Zyslin de réparer sa sonnette, qui fait un petit bruit malade, mais monsieur Zyslin ne veut pas. Il ne comprend pas que sa sonnette est cassée puisqu'il n'entend pas.

J'ai peur que ses filles soient venues le chercher pour l'emmener dans la maison de retraite. Je cogne de toutes mes forces contre sa porte en criant son nom.

Enfin, il m'ouvre.

– Boubelé !

Je lui raconte ma journée. Ça me prend beaucoup de temps. Il faut que je lui répète plusieurs fois les événements. C'est fatigant de hurler à la seule personne à qui je puisse parler, qu'aujourd'hui j'ai failli mourir noyée. Monsieur Zyslin me caresse les cheveux et il dit, si on peut appeler ça un mot : « Tss ! Tss ! »

C'est sa façon à lui de dire qu'il me comprend.

Il a de la chance d'avoir quatre-vingts ans et de faire ce qu'il veut. À quatre-vingts ans, on a le droit de laisser traîner des patates dans les couloirs, de mettre sa télé près de l'évier, de peindre des chevaux bleus, de manger des gâteaux au pavot et on n'est plus obligé de plonger dans une piscine. J'ai assez envie d'avoir quatre-vingts ans.

Tout à coup, il me dit :

– Et Samuel ?

C'est la première fois que monsieur Zyslin parle de Samuel. Je ne savais même pas qu'il connaissait son nom. Quand Samuel le voit, ce qui est très rare, ils ne se disent même pas bonjour. Pour Samuel, monsieur Zyslin n'est qu'un pauvre vieux qui perd la boule. Samuel ne sait pas que monsieur Zyslin dessine au fusain et peint des paysages magnifiques.

– Samuel ?

– Oui, Samuel, le grand frère. Il n'est pas à la maison, hein, Boubelé ?

Je dis non avec la tête. Je n'aime pas entendre le nom de Samuel dans la salle à manger de monsieur Zyslin, enfin ce qui était autrefois la salle à manger et qui n'est plus qu'une pièce où monsieur Zyslin a installé son lit à côté de la table et des fauteuils dont il ne se sert plus, sauf pour me recevoir.

– Tss ! Tss ! Samuel a des ennuis.

Je sursaute.

Est-ce que monsieur Zyslin sait quelque chose ? Comment le sait-il ? Quels ennuis ?

– Des ennuis, dit monsieur Zyslin. Pauvre Samuel. Et Boubelé ? Tss !

J'essaie de poser des questions à monsieur Zyslin mais il ne me dit plus rien. Il est tellement absorbé qu'il ne me propose pas le jus d'orange frais et les gâteaux au pavot. Il a l'air très triste et encore plus petit et plus vieux que d'habitude. Il marmonne en effritant son gâteau au pavot. Il avale une miette puis une autre. Il mange aussi son pain de cette manière bizarre.

J'ai sommeil.

La piscine, ça endort toujours, et cela n'a rien à voir avec le fait que j'ai failli mourir étouffée, aujourd'hui.

La gym aussi, c'est fatigant. Le mardi, on a maths, juste après la gym. Mardi dernier, Morgane s'est endormie. Elle ronflait pendant l'explication de la différence entre la droite, la demi-droite et le segment. Morgane en fait toujours trop au cours de gym ou à la piscine. Elle a eu un zéro en maths. C'est dangereux, le sport.

Je reste près de monsieur Zyslin, affalée sur la table.

Soudain, il me prend par la main.

– Viens, Boubelé.

– Le tableau est fini ? Déjà ?

Monsieur Zyslin ne répond pas.

Dans la cuisine-atelier, la toile de monsieur Zyslin n'est pas recouverte d'un drap blanc. Elle n'est pas finie mais il me la fait voir quand même. C'est la première fois.

– Tu t'assois là, Boubelé.

Il me désigne un coussin qui perd toutes ses plumes, à côté de son chevalet. Je préfère m'asseoir par terre. Monsieur Zyslin prend ses pinceaux.

– Fais les devoirs, Boubelé.

Je ne fais pas mes devoirs. Je parle à monsieur Zyslin. Je lui raconte tout, les mensonges de Samuel ; ceux qu'il m'oblige à faire à maman et à papa. Je lui parle tout doucement. Il est de dos. Il ne m'entend pas.

Samuel ne pourra pas dire que je l'ai trahi.

Je regarde monsieur Zyslin, qui fait des grimaces en étalant une tache rose sur un cheval. Il s'éloigne de sa toile, il se rapproche. Les collines deviennent mauves et les chevaux galopent. Il dit :

– Maintenant Boubelé, tu ne regardes plus.

Je ferme les yeux. J'attends. Monsieur Zyslin travaille et il me parle.

Je n'entends rien. J'ai trop sommeil.

Il me secoue. Je sens qu'il est très tard.

Sur le tableau, dans le paysage, il y a une petite fille. Monsieur Zyslin n'a pas dessiné les yeux, le nez, la bouche. La petite fille n'est pas finie mais je la reconnais.

C'est moi.

Pour la première fois, j'embrasse monsieur Zyslin. Il a la peau sèche, j'ai peur de la déchirer, et il sent l'essence. En l'embrassant, j'ai fait tomber ses lunettes.

– Maintenant, tu dois partir, Boubelé. Tu dois monter. Toute seule. Boubelé est grande. Tu dois le faire.

Et pour me le prouver, il se met juste à côté de moi. C'est sûr, je vais bientôt le dépasser. Il soupire et il dit: «Monsieur Zyslin est très vieux. Tu comprends, Boubelé?» Il me désigne sa cuisine-atelier comme si c'était une preuve. Je sais qu'il pense à la maison de retraite mais, moi, je ne veux pas y penser.

Monsieur Zyslin m'accompagne à la porte mais juste avant de la fermer, il se souvient que je n'ai pas bu mon jus d'orange et il court me le chercher.

Il attend que je l'avale et il me dit:

– Au revoir, Boubelé !

Il me serre dans ses bras. Très vite, il se dégage et il se mouche. Il est tellement enrhumé qu'il a les yeux qui pleurent.

– Monte, Boubelé, monte !

J'ai l'impression d'entendre la voix de la Baleine : «Plonge, Pauline, plonge !»

D'habitude, je jette un coup d'œil sous notre porte. Si je vois la lumière, je sonne ou j'ouvre avec ma clé. Si c'est tout noir, je redescends chez monsieur Zyslin. Depuis des mois, je ne monte même plus. Je sais que c'est tout noir, que Samuel n'est pas là.

C'est tout noir mais j'ai honte de redescendre. Monsieur Zyslin m'a demandé de rentrer toute seule. Il a insisté. Pourquoi ? Je revois encore son visage quand il m'a dit au revoir comme si c'était la dernière fois qu'il me voyait.

Je ne me suis presque jamais servie de ma clé. Je l'ai jetée dans ma trousse. Je n'ai pas voulu du porte-clés que maman m'a acheté et qui représente une bouteille de Coca. Je l'ai donné à Samuel mais il l'a perdu ou vendu. On ne sait jamais avec Samuel. Je tourne la clé dans la serrure.

J'avais six ans. Nous étions partis tous ensemble au restaurant. À ce moment-là, papa et maman ne travaillaient pas autant. Ils n'avaient pas peur d'être au chômage. Quand nous sommes rentrés, maman a essayé d'ouvrir la porte mais la clé refusait de tourner dans la serrure. Papa a essayé à son tour mais, soudain, il s'est arrêté et il nous a fait signe de nous taire.

Des hommes qu'on ne connaissait pas couraient dans notre maison.

Papa nous a obligés à descendre. La gardienne a appelé la police. Elle m'a donné des gâteaux secs. Je me suis mise à pleurer ; les gâteaux étaient très mauvais. En attendant les policiers, je pensais qu'il ne fallait pas qu'ils ouvrent la porte. S'ils l'ouvraient, ils nous découvriraient moi, Samuel, papa et maman assassinés dans notre maison. C'était absurde puisque nous étions tous là mais cette pensée m'obsédait.

Quand ils sont enfin venus, qu'ils ont ouvert la porte, j'étais cachée derrière maman.

Maman a poussé un cri. C'est le cri de maman qui m'a fait peur, pas l'appartement saccagé, les vêtements jetés dans le couloir, la pharmacie vidée, le contenu des placards de la cusine par terre, mais le cri de maman qui ne s'arrêtait pas. J'étais sûre qu'elle nous voyait tous morts comme je l'imaginais, quand j'étais assise chez la gardienne, en train d'essayer d'avaler ses gâteaux infects. Je suis restée sur le palier. C'est depuis ce jour-là que j'ai peur de rentrer à la maison toute seule.

J'ajouterai dans la colonne des choses que je déteste le plus au monde : les cambrioleurs.

La porte s'ouvre sans difficulté. C'est tout noir dans le couloir. Ils sont cachés derrière les portes, ils vont surgir et me bâillonner. J'étoufferai comme dans la piscine et cette fois Fabien ne viendra pas me sauver.

– C'est toi, Pauline ?

Samuel a ouvert la porte de sa chambre.

– Pourquoi tu n'entres pas ? Pourquoi tu restes dans le noir ?

– …

– Tu es toute blanche.

– J'ai failli me noyer dans la piscine. C'est pour ça.

Samuel s'est fait du café et il a oublié d'éteindre la cafetière électrique. Le café est devenu une plaque dure et noire. J'éteins la cafetière.

Combien de temps faut-il pour que le café se transforme en une plaque dure et noire ?

Ça fait des heures que Samuel est à la maison. Il n'a pas été en cours cet après-midi.

Il est retourné dans sa chambre et il a fermé sa porte.

Il ne m'a pas demandé si c'était vrai que je m'étais noyée dans la piscine. Il est tout en haut de la tour Eiffel et il me laisse tout en bas. Il ne me voit pas.

Je vais dans ma chambre et j'essaie de tricoter. Nadège disait toujours que le tricot lui calmait les nerfs. Moi aussi, j'ai des nerfs mais le tricot ne les calme pas. Je me suis trompée avec tous ces fils de couleurs différentes. Il va falloir tout défaire et tout recommencer.

– Pourquoi tu n'es pas venue me chercher chez monsieur Zyslin, Samuel?

Samuel était en train d'écrire quand je suis entrée dans sa chambre sans frapper.

Il cache un papier en le glissant dans un livre. Il a écrit à l'encre verte. Le feutre-bille est tombé par terre. Je le reconnais. C'est celui que papa m'a donné.

– Tu es mieux avec lui qu'avec moi. J'avais besoin d'être seul.

– C'est à cause des gens qui t'ont téléphoné?

Je n'aurais pas dû poser cette question. Samuel se met à crier qu'il en a assez qu'on l'espionne, que je ne vais pas commencer à l'interroger moi aussi.

– J'ai des ennuis, Pauline. Laisse-moi tranquille.

– Oui, je sais, monsieur Zyslin m'a dit.

Samuel bondit et me saisit le bras. Il me fait mal.

– Quoi? Le vieux? Qu'est-ce qu'il t'a dit?

Je déteste quand Samuel appelle monsieur Zyslin «le vieux». C'est comme si monsieur Zyslin n'était pour lui qu'un des vieux rogatons de fromage qui traînent dans le frigo.

– Un jour, tu seras vieux comme lui. Exactement comme lui. Et tu seras moche. Et quand tu seras enfermé dans une maison de retraite, je ne viendrai pas te voir.

Samuel a l'air déconcerté par les vérités que je viens de lui dire. Il me lâche le bras. J'ai encore mal.

– Tu lui as dit que je rentrais tard ? Tu n'as pas su garder le secret. Je suis fou d'avoir cru que tu pourrais. Il va tout dire aux parents et ça va être ma fête. Ça devait arriver de toute façon.

– Il a dit que tu avais des ennuis. Moi, je lui ai rien dit. Je sais pas pourquoi il a dit ça. Il est vieux mais il n'est pas bête. Tu es beaucoup plus bête que lui !

Samuel m'a demandé pardon. Il ne l'a pas dit pour se débarrasser de moi. Il m'a demandé vraiment pardon et il a soupiré comme monsieur Zyslin quand il évoque le jour où ses filles viendront le chercher pour l'emmener, comme maman parfois, quand elle regarde Samuel.

– Pourquoi tu ne dis rien à papa et à maman si tu as des ennuis, Samuel?

– Ils ne comprendraient pas. Est-ce qu'ils comprennent que tu détestes la piscine? Est-ce qu'ils ne t'obligent pas à y aller? Ma vie pour eux, c'est une suite de bulletins scolaires. Je dois téléphoner. Il faut que tu me laisses, Pauline. Je compte sur toi. Je sais que tu n'as rien dit. Même à monsieur Zyslin, il ne faut rien dire. J'ai besoin que tu gardes le secret. Encore un peu. Ce sera bientôt fini.

Je ne dis pas à Samuel que je l'ai entendu pleurer.

Maman est rentrée tôt. J'essaie de lui expliquer ce qui m'est arrivé à la piscine mais elle me répond:

– Pas maintenant, Pauline, je t'en prie,

pas maintenant. J'ai déjà assez d'ennuis avec ton frère.

Elle est rentrée plus tôt pour parler à Samuel, avant l'arrivée de papa. Seulement pour ça.

Ils se disputent.

Le proviseur de Samuel a téléphoné à son travail. Maman dit à Samuel que s'il ne parle pas, il sera renvoyé. Samuel devra aller en pension.

Maman n'arrête pas de poser des questions. On dirait un commissaire et Samuel répond toujours: «Je ne dirai rien. Laisse-moi tranquille.»

S'il ne parle pas de quoi? Qu'est-ce qu'il a fait?

S'ils envoient Samuel en pension, j'irai habiter chez monsieur Zyslin. Je le suivrai même dans sa maison de retraite.

Je vais dans la salle de bains; je sors mon maillot de bain et la serviette qui représente la carte du ciel. Ils sentent mauvais. Je les jette dans le linge sale. Je ne m'en servirai plus.

Ce matin, papa a parlé avec moi de la piscine. Ça m'a étonnée. Franchement, je ne m'y attendais pas du tout. J'avais seulement décidé que si papa et maman m'obligeaient à y retourner, la Baleine serait forcée de me jeter tout habillée dans l'eau.

Papa est d'accord pour que je n'y aille plus. «Au moins pendant un moment. Je parlerai à madame Carlhian.»

Il m'a prise sur ses genoux et il m'a fait plein de bisous. Ça non plus, je ne m'y attendais pas. Papa n'a pas remarqué que j'ai grandi, que je ne porte plus jamais de jupe et que je veux jeter mon cartable et avoir un sac à dos. Il m'a embrassée et il a dit: «Ma petite fille chérie.» Pendant que papa parlait, je tenais dans ma main le papier à l'encre verte de Samuel, et j'ai pensé tout à coup au contrôle de biologie.

– À quoi tu penses, ma Pauline? m'a demandé papa. Tu n'es plus inquiète?

– Non, papa, plus du tout.

Je ne sais pas pourquoi, j'ai eu soudain envie de plonger dans la piscine. C'était vraiment impossible d'expliquer ça à papa.

Fabien s'est assis à côté de moi en classe. De tous les garçons de sixième, c'est vraiment celui que je préfère. C'est le seul qui a plongé dans l'eau de Javel pour me sauver. Rien que pour ça, je l'aimerai toujours.

Le contrôle de biologie est très simple. Il faut seulement faire des croquis et mettre les légendes. Le prof de biologie adore les squelettes et les insectes. Je suis sûre qu'il en fait collection. Ses amis doivent lui offrir des crânes, et des insectes plantés sur des cartons.

Je n'ai pas ouvert mon cahier de textes hier et j'ai oublié le contrôle. Ça ne m'arrive jamais.

J'essaie de me souvenir des derniers cours. Rien, c'est le trou noir et la copie blanche.

Je ne sais plus dessiner le squelette du lapin et je me souviens encore moins du nom des os. Je ne vois pas à quoi ça sert de connaître les os des lapins. Ils s'en fichent complètement les lapins, du nom de leurs os.

Je suis incapable de me souvenir du croquis de l'abeille. Je sais seulement que l'abeille fait du miel, ce qui est quand même l'essentiel à savoir sur l'abeille, mais ça ne suffira pas pour m'éviter un zéro.

Ma feuille est toujours blanche et il ne reste que dix minutes avant la fin du contrôle. Je n'ai même pas écrit mon nom, ma classe et «contrôle de biologie». Ce n'est pas la peine. Fabien à côté de moi n'arrête pas de dessiner. Je me demande si monsieur Zyslin saurait dessiner au fusain un squelette de lapin.

Je lis encore et encore le papier que j'ai trouvé dans la chambre de Samuel ce matin ; celui qu'il a écrit à l'encre verte et qu'il cachait hier. Il l'a oublié en partant ou bien il a glissé de ses affaires.

C'est une liste de choses : sac de couchage, pâtes d'amandes, aspirine, alcool à 90°, boîtes de sardines. Il a écrit ouvre-boîtes mais il a barré. Il y a aussi couteau, savon, livres. Il a mis un point d'interrogation à côté du mot «livres».

Samuel s'est sauvé. Ça s'est passé cette nuit. Je l'ai entendu comme l'autre fois. Cette fois, ce n'est pas la télé de monsieur Zyslin qui m'a réveillée.

C'est le bruit de l'armoire que Samuel ouvrait et refermait. Son armoire grince.

C'est une armoire normande que maman a trouvée dans une brocante. Elle dit qu'il faut graisser les gonds mais elle oublie de le faire.

Il y a eu un drame avec l'armoire de Samuel. Il l'a peinte en laque rouge. Je l'ai aidé. On a fait ça tous les deux, un week-end où papa et maman étaient partis en Normandie.

L'armoire rouge est très belle mais maman n'a pas les mêmes goûts que Samuel et le retour du week-end a été sanglant. «Tu fais des histoires pour rien», a dit Samuel. Papa a failli lui donner une gifle pour cette phrase. Moi, j'avais envie de repeindre ma commode en jaune et de demander à monsieur Zyslin de peindre des chevaux sur chaque tiroir. J'ai changé d'avis.

Dix fois, j'ai entendu l'armoire grincer. Et puis c'était le silence. Je me suis rendormie. Si je ne m'étais pas rendormie, je l'aurais empêché de partir.

Ce matin, il n'était pas dans sa chambre. Sa porte était ouverte mais il n'était pas là. J'ai ramassé le papier écrit au feutre-bille vert. Il était tout froissé.

Les parents ont cru qu'il était parti au lycée très tôt, «s'expliquer avec le proviseur».

C'est complètement idiot. Comment les parents peuvent-ils à ce point se tromper? C'est terrible. On peut vraiment leur raconter n'importe quoi.

Samuel ne part au lycée qu'à la dernière minute et le plus souvent en retard. Le mercredi, il a cours à neuf heures. Ce matin, à sept heures et demie, sa chambre était vide.

J'ai regardé dans l'armoire de Samuel. Il manquait plein d'affaires et son sac de couchage n'était plus là.

Maman était contente. Elle a dit à papa:

– Tu as bien fait d'être sévère. Je crois qu'il a compris.

Samuel a raison, les parents ne comprennent vraiment rien. Mon grand frère est parti. Il ne m'a même pas laissé une lettre. Rien. Seulement cette liste, cette preuve dont je ne sais pas quoi faire. Je le déteste.

Il ne reste que cinq minutes avant la fin du contrôle et ma feuille est blanche. Fabien à côté de moi dessine de plus en plus de squelettes. Il me regarde. Il voit bien que je ne sais rien. J'ai peur d'avoir un zéro. Papa et maman seront convoqués. Ils se disputeront à cause de moi et papa partira en claquant la porte.

Fabien me donne un coup de coude sans quitter sa feuille des yeux et il me glisse une feuille avec tous les croquis. Il a tout préparé et il m'a écrit les légendes au crayon. Il a fait le contrôle en double.

Il ne me reste plus qu'à effacer les légendes et à les écrire à l'encre. Il est génial. Je veux le lui dire mais il lève la main et il demande :

— On peut avoir encore cinq minutes, monsieur ?

Les cinq minutes sont accordées. Fabien fait semblant de finir son travail et moi, je fais le mien. Personne n'a rien vu, même pas Morgane, qui a remarqué que Fabien s'était assis à côté de moi et qui est capable de se noyer pour de bon dans l'espoir que Fabien viendra la sauver.

Le prof ramasse les copies. Quand il arrive à notre table, Fabien me fait remarquer que je n'ai pas écrit mon nom et ma classe. Le professeur lui fait un petit signe de remerciement et prend mon contrôle.

Sous la table, je serre la main de Fabien. Si Morgane me voyait, elle étoufferait... de rage.

C'est très difficile d'avoir pour ami un garçon de sixième. Mon ami, jusqu'à l'année dernière, c'était mon grand frère, Samuel. Il a seize ans, Fabien n'en a que onze. Ça fait une sacrée différence. Mais

Samuel m'a quittée définitivement. Je m'approche de Fabien à la sortie, et je lui dis merci de m'avoir sauvé la vie. Je lui dois bien ça.

Sans que Morgane nous voie, je l'embrasse sur la joue. Il est tellement content qu'il danse d'un pied sur l'autre comme monsieur Zyslin. Je ne savais pas qu'un garçon de onze ans pouvait faire les mêmes gestes qu'un vieux monsieur de quatre-vingts ans. Quand il finit sa danse, il me dit :

– Je suis content.

Et puis on reste là, tous les deux sans rien dire.

Je n'ai pas le courage de rentrer à la maison.

Samuel n'est pas là. Samuel ne rentrera plus. Papa et maman m'interrogeront. Je vais être obligée de leur dire que depuis le mois de septembre, j'ai passé plus de temps avec monsieur Zyslin qu'avec Samuel ou avec eux.

J'ai envie de me sauver comme Samuel. Où est-il parti?

Soudain Fabien me dit:

– Tu as des problèmes, Pauline?

J'aimerais pouvoir tout lui raconter, depuis le début. Fabien n'est pas sourd.

– Je ne peux pas t'expliquer. J'ai des ennuis.

– C'est grave?

– Oui. C'est très grave.

– C'est tes parents? Tu sais, les miens, ça ne va pas non plus. Ils se disputent tout le temps.

– Non, c'est pas ça. Enfin, c'est aussi un peu ça. Mais je peux pas te dire.

Fabien n'insiste pas. Ce n'est pas le genre de garçon à poser plein de questions. C'est le genre de garçon qui, lorsqu'il sera vieux, fera de la peinture, et des jus d'orange aux enfants qui se noieront dans les piscines.

Je n'ai pas envie qu'il s'en aille. Je voudrais qu'il vienne chez moi. Alors peut-être…

– Ma mère vient me chercher. Tiens, la voilà !

Il me désigne une femme blonde avec un blouson vert qui ressemble beaucoup à celui de Samuel.

– Tu ne peux pas lui raconter que tu as quelque chose à faire ? Tu ne peux pas te sauver et inventer une raison ? Tu ne peux pas faire ça ?

– Ça quoi ? Qu'est-ce que tu veux dire ? Qu'est-ce qu'il y a ?

Fabien me regarde. Il est intelligent mais ça ne sert à rien. C'est comme de savoir tous les gestes pour plonger, ça ne sert à rien.

– Je dois aller chez le dermatologue. J'ai

la peau trop sèche. J'ai peut-être du psoriasis. Mais si tu veux, je viendrai chez toi, demain, Pauline.

La mère de Fabien traverse la rue.

– Tu as raison. Vas-y! N'invente rien. C'est pas grave. Un autre jour.

Fabien et sa mère s'éloignent.

Avant de partir, sa mère m'a dit :

– Ah c'est toi, Pauline? J'ai beaucoup entendu parler de toi! Elle a bien insisté sur le beaucoup et Fabien avait honte.

J'ai oublié de demander à Fabien ce que c'était le psoriasis.

Soudain, je pense à monsieur Zyslin. Je cours. J'ai un point de côté tellement je cours vite. J'ai peur qu'il lui soit arrivé quelque chose. Qu'est-ce qu'il m'a dit hier quand je me suis endormie chez lui, dans sa cuisine-atelier? Est-ce qu'il m'a dit quelque chose d'important que je n'aurais pas entendu?

Non, il n'y a personne chez monsieur Zyslin.

J'ai beau cogner, crier son nom, il ne répond pas. La sonnerie ne fonctionne plus.

Elle a sonné une dernière fois. Ça faisait comme un long râle et puis plus rien.

Monsieur Zyslin n'habite plus ici ou bien il est mort ou bien il est devenu définitivement sourd. Ça revient au même.

Il m'a laissé tomber, lui aussi.

À quoi ça sert d'avoir passé tous ces moments avec lui s'il n'est pas capable d'être là quand j'ai besoin de lui ?

Je repense à la manière dont il m'a dit au revoir hier mais ça ne compte pas. Il n'a pas osé me le dire vraiment. Il a fait comme si de rien n'était. C'est un menteur, lui aussi. Je ne lui tricoterai pas sa couverture. Je n'essaierai plus de faire des dessins au fusain. Qui va lui dire maintenant que ses tableaux sont beaux ? Qui va les voir ?

Je reste devant sa porte. Il fait nuit et j'ai froid.

Je fais tourner ma clé dans la serrure de l'appartement. C'est bizarre. Je n'ai plus peur du tout. Je sais qu'il n'y a pas de cambrioleur, qu'il n'y a personne, tout simplement.

Je vais directement dans la chambre de Samuel et je m'allonge sur son lit. Il ne l'a pas fait avant de partir. C'est comme s'il était encore là, qu'il allait revenir d'un moment à l'autre. L'armoire rouge est encore ouverte. Samuel a laissé son vieux blouson vert. Maman pourra le jeter à la poubelle. Le téléphone sonne. C'est maman.

– Ah, tu es déjà là, Pauline ? Samuel est rentré ? Tu peux me le passer ?

Maman ne sait pas encore qu'elle passera une partie de la nuit au commissariat à rechercher son fils et l'autre à consoler sa fille. Elle a une voix tranquille, presque joyeuse.

– Samuel ne rentrera plus, maman. Il s'est sauvé de la maison et monsieur Zyslin est peut-être mort.

– Pauline! Mais qu'est-ce que tu dis? Pauline!

– Je dis la vérité, maman. Samuel s'est sauvé cette nuit. Je l'ai entendu. Il a pris son sac de couchage, son couteau et des boîtes de sardines. Monsieur Zyslin ne répond plus. Tu peux venir vérifier si tu ne me crois pas.

– Mais qu'est-ce que tu racontes? Pauline! Vous allez me rendre folle! Si papa téléphone, surtout ne lui dis rien.

– J'en ai assez de ne rien dire! J'en ai assez!

Je raccroche.

Je prends mon classeur de français et j'écris assise sur le lit de Samuel. Comme j'ai froid, j'enfile son vieux blouson vert, cette vieille loque qu'il n'a pas emportée avec lui.

«J'avais un grand frère. Avec lui, je voyais des films qui font peur et je mangeais des pâtes avec des fils tellement longs qu'on n'avait pas besoin de la fourchette. J'avais un ami très vieux qui peignait des chevaux et m'offrait des gâteaux au pavot. Ils sont partis. J'avais un autre ami qui m'a sauvé la vie mais qui n'a pas compris. Il n'y a rien que j'aime le plus au monde. Il n'y a rien.»

Je relis ce que je viens d'écrire. J'ai envie de pleurer mais je n'y arrive pas. C'est de ne pas y arriver qui me fait pleurer, d'un seul coup.

C'est à ce moment-là que Samuel est entré dans sa chambre.

Aussitôt, je l'ai frappé, frappé encore et encore de toutes mes forces. Je n'arrivais pas à parler, je n'arrivais pas à faire autre chose que lui donner des coups.

Au début, il a essayé de m'en empêcher mais j'étais devenue très forte, tellement forte que j'aurais pu lui faire vraiment du mal. Il s'est laissé faire. Je frappais sans rencontrer la moindre résistance et les coups se sont arrêtés.

Nous n'avions toujours pas échangé un mot. J'ai retrouvé la liste qui était toujours en boule dans ma poche. Elle était devenue illisible à force d'avoir été froissée. Samuel ne l'a pas relue.

— Je vais t'expliquer, Pauline. Écoute-moi. Calme-toi.

Il a mis beaucoup de temps. Je ne voulais plus rien entendre. J'étais devenue sourde, moi aussi.

– La liste n'était pas pour moi. C'est pour un ami. Je ne peux pas t'en dire davantage. Jamais je ne partirai, Pauline. Qu'est-ce que tu as imaginé ?

– Je t'ai entendu te sauver cette nuit.

– Ce n'était pas cette nuit. C'était ce matin, très tôt.

– Monsieur Zyslin est parti.

– Ça, c'est vrai. Ses filles sont venues le chercher aujourd'hui. Il ne pouvait plus vivre seul, même s'il est très intelligent pour un vieux monsieur. Tu avais raison.

– Il ne m'a rien dit.

– Il t'a prévenue hier ! Tu n'as rien entendu ? Il était très inquiet pour toi. Je l'ai vu cet après-midi. Il fallait que je vienne chercher quelque chose que j'avais oublié et nous avons parlé.

– De quoi ?

– Il m'a parlé de toi. Il a dit qu'il fallait que je rentre tôt. Il était là, avec ses caisses remplies de toiles et de peinture. C'est drôle, il t'a appelé... Boubelé.

– Je n'ai pas envie qu'il ne soit plus là.

– Tu as vu ce qu'il t'a laissé ? Je l'ai mis dans ta chambre. C'est vraiment beau. Je l'ai accroché. Je ne savais pas qu'il...

J'ai laissé Samuel et j'ai couru dans ma chambre. Sur le mur, j'ai vu le tableau. Celui qui représente une petite fille qui court avec des chevaux. Il a dû travailler toute la nuit pour le finir.

Monsieur Zyslin a même peint ma natte et toutes les mèches bouclées qui recouvrent mon front. J'ai les cheveux châtain roux mais, sur le tableau de monsieur Zyslin, ils sont roses.

– Il m'a donné aussi ça, pour toi.

Samuel me tend un gâteau au pavot.

Je le partage en deux et nous le mangeons.

– Pauline, ne dis rien à papa et à maman à propos de cette liste. Maintenant, c'est fini. Je ne t'obligerai plus. Juste cette fois, ne dis rien.

– Je n'aime plus les secrets, Samuel. C'est la dernière fois, promets-moi. Je n'aime plus les secrets.

– C'est la dernière fois.

Alors Samuel m'a dit qu'il me donnait son blouson vert.

Je pleure dans les bras de Samuel. Ce n'est pas triste. Ça me rappelle quand j'étais petite, que j'avais peur des monstres et que Samuel, mon grand frère, me prenait dans ses bras et les faisait disparaître.

Maman arrive, complètement paniquée. Elle veut me prendre dans ses bras mais je ne veux pas quitter les bras de Samuel. Elle nous regarde sans rien comprendre.

– Elle va bien, maman. Elle a inventé des trucs dans sa tête pour que tu rentres plus tôt.

– Mais pourquoi tu pleures, Pauline ? Qu'est-ce que tu lui as fait, Samuel ?

– Ce n'est pas Samuel qui est parti. C'est monsieur Zyslin.

Maman aime beaucoup le tableau de monsieur Zyslin. Elle ne s'est pas étonnée que les chevaux soient bleus ni que mes cheveux soient roses. Elle a dit que monsieur Zyslin avait beaucoup de talent et elle m'a promis qu'on irait voir dans un musée un peintre qui peignait un peu comme monsieur Zyslin. Je n'ai rien dit à maman, je ne veux pas lui faire de peine, mais je suis sûre que son peintre n'est pas aussi bon que monsieur Zyslin.

C'est papa qui a remarqué, dans un coin du tableau, le gribouillage. C'est l'écriture de monsieur Zyslin, une écriture toute petite et tordue d'enfant de CP. Il a écrit: «Pour mon amie, Boubelé.»

– C'est qui, Boubelé? a demandé papa.

Samuel et moi, nous nous sommes regardés.

Maintenant, lorsque Samuel rentre un peu tard, il me prévient toujours et je n'ai plus peur de rester seule à la maison en l'attendant. Il me permet de rester dans sa chambre à écouter de la musique avec lui, et même s'il est encore très loin de moi, je sais qu'il ne voudra plus arracher la porte communicante et construire un mur à la place.

Je sais aussi que Samuel est vieux. C'est ce que Fabien m'a dit en le voyant pour la première fois: «Tu ne m'avais pas dit que ton frère était si vieux!»

C'est en pensant à monsieur Zyslin que j'ai voulu aller à la piscine avec Samuel et Fabien. «Essayer, Boubelé. Essayer, toujours recommencer, et puis un jour...»

Je les ai regardés plonger. Je n'ai pas pu les suivre.

Je suis restée au bord de l'eau. Peut-être qu'un jour j'arriverai à nager toute seule, à mettre ma tête sous l'eau et à plonger comme eux. Ce n'est pas sûr.

Fabien aurait voulu que j'essaye de plonger mais je crois qu'il avait seulement envie de me sauver la vie encore une fois. Je déteste toujours l'eau sur mon visage. Samuel a dit que ça n'avait aucune importance. Il m'a donné une planche et nous avons nagé ensemble.

Demain, papa et maman m'ont promis qu'on irait voir monsieur Zyslin dans sa maison de retraite.

Je vais lui apporter le dessin que j'ai fait au fusain. Je suis un peu ratée sur le dessin, comme d'habitude, mais monsieur Zyslin se ressemble tellement avec ses lunettes de travers que papa l'a reconnu tout de suite et qu'il était un peu jaloux. Sur mon dessin, monsieur Zyslin est beaucoup plus petit que moi. C'est comme ça que je le vois, maintenant. J'ai recouvert mon dessin d'un papier blanc. Ça lui rappellera nos après-midi dans la cuisine-atelier quand il retirait le drap blanc et que je découvrais son dernier tableau.

J'ai recommencé ma couverture au point jacquard. Pour le moment, je n'ai réussi à tricoter qu'un rectangle de douze centimètres de longueur et de neuf centimètres de largeur. C'est un peu insuffisant pour une couverture mais monsieur Zyslin verra que j'ai essayé et que je continuerai.

J'ai acheté aussi des mouchoirs à carreaux. Des vrais mouchoirs. J'ai eu du mal à les trouver. Il a fallu aller dans un grand magasin. La vendeuse a cru que c'était pour moi.

– Il n'y a que les vieux qui se mouchent dans des mouchoirs en tissu, m'a dit la vendeuse, énervée.

– Alors, il faut vous entraîner, parce qu'un jour, vous aussi, vous serez vieille.

Elle m'a regardée comme si je lui avais dit un gros mot.

J'ai rangé tous mes cadeaux dans une petite valise chinoise que papa m'a donnée.

Seulement voilà. Je suis embêtée.

Je n'ai pas encore réussi à trouver des gâteaux au pavot. Je ne sais vraiment pas comment monsieur Zyslin réussissait à se procurer une telle quantité de ces gâteaux que je n'ai vus dans aucune boulangerie.

Samuel m'a dit que les filles de monsieur Zyslin lui en apportaient sûrement. Je n'en suis pas si sûre. Je n'aime pas les filles de monsieur Zyslin.

J'attends Samuel.

Il m'a promis qu'il trouverait les gâteaux au pavot. Il me l'a juré.

En l'attendant, j'ai commencé ma rédaction. Je ne ferai que le premier sujet.

Dans la colonne des choses que j'aime le plus au monde, j'ai écrit: «Monsieur Zyslin, les gâteaux au pavot et mon grand frère Samuel.»